PUM
ZAS

L'ARBRE DELS MALSONS

Ep, un moment
d'atenció!

Si vols escoltar
i mirar la cançó
«No et cal escollir»...

La trobaràs
a YouTube!

I també te la pots baixar a combeleditorial.com/agusielsmonstres
O també pots utilitzar el lector QR!

Casp, 79 – 08013 Barcelona
Tel.: 902 107 007
combeleditorial.com
agusandmonsters.com

Autors representats per IMC Agència Literària SL.

Disseny de la col·lecció: Estudi Miquel Puig

Primera edició: juny de 2018
ISBN: 978-84-9101-302-0
Dipòsit legal: B-15861-2018
Printed in Spain
Imprès a Índice, SL
Fluvià, 81-87 – 08019 Barcelona

L'ARBRE DELS MALSONS

JAUME COPONS &
LILIANA FORTUNY

COMBEL

1

QUIN MALSON!

Els malsons són escandalosament pesats, estranys i angoixants. Moltes vegades, quan somiem, barregem les coses i els personatges més diversos i estranys. De cop, per exemple, et persegueix un elefant embogit...

I, tot d'una, deixes l'elefant enrere però caus per un penya-segat a un mar infestat de taurons que t'esperen amb les boques obertes i les dents esmolades.

Sovint t'hi trobes persones que no coneixes de res i que et tracten com si et coneguessin de tota la vida. I tot són problemes...

I a vegades et perds en un lloc estrany ple de no se sap ben bé quina mena de perills.

El cas és que aquella nit vaig tenir un malson horrorós, tot i que en aquest malson passava una cosa força més normal que el que acabo d'explicar.

EL MEU MALSON

Simplement estava dinant amb en Brex i en Hole. I tot anava perfecte, però...

De cop, en Brex i en Hole m'exigien que digués de qui era més amic. Jo em quedava molt parat.

Evidentment jo no deia res, però en Hole i en Brex, una mica embogits, anaven alçant el to de veu.

Era una situació molt bèstia i em vaig començar a neguitejar i neguitejar i neguitejar...

I llavors em vaig despertar cridant, suat i nerviós, i vaig espantar els meus amics.

Els monstres em van calmar i quan els vaig explicar el que havia somiat em van fer adonar que només es tractava d'un malson tan estúpid com qualsevol altre.

Com que em van veure molt nerviós, vam estar parlant una bona estona. I quan em vaig calmar, fins i tot ens vam posar a llegir.

Ja que ens hem despertat podríem llegir una mica!
Sí, mireu què tinc aquí: *Alícia en terra de meravelles!* Trobo que, parlant de somnis i malsons, és un llibre molt adient!

Mentre llegíem vaig pensar que no sabrem mai si l'Alícia va fer de debò aquell viatge al·lucinant i va conèixer tota aquella gent o bé simplement ho va somiar. I amb aquest pensament em vaig adormir.

2

UN ARBRE ESTRANY

L'endemà, aprofitant que era dissabte i que feia molt bon temps, la Lídia, els monstres i jo vam baixar al parc. Vam buscar una zona aïllada on ningú ens pogués veure i vam estar jugant a fet i amagar una bona estona.

És que s'han amagat fatal!

Després de jugar ens vam estirar una estona a prendre el sol i ens vam posar a llegir un dels llibres que aquella setmana l'Emma ens havia posat a la bossa: *El misteri de les fades*, d'Arthur Conan Doyle.

I què hi ha havia de veritat o de mentida?
Em temo que per respondre a aquesta pregunta caldrà llegir el llibre!

Però tot just ens havíem posat a llegir que ens vam haver d'aturar perquè la Dra. Veter va veure un arbre que li va cridar l'atenció.

No, no, no...
No pot ser.
Però és que
és clavat!
És molt
estrany...

I llavors va passar una cosa incomprensible: el Dr. Brot va sortir disparat de no se sap on i va empènyer brutalment els nostres amics, amb la qual cosa van caure per un forat que hi havia al tronc de l'arbre.

Vam afanyar-nos a socórrer els nostres amics, però de seguida va quedar clar que les coses estaven força pitjor del que jo i la Lídia podíem imaginar.

Els monstres es van adonar que eren davant d'un arbre que coneixien molt bé. I de la conversa que van tenir amb el Dr. Brot amb prou feines vam entendre res.

El riure embogit del Dr. Brot va durar poc, perquè encara no havia acabat la riallada que l'Emmo, en ple atac de ràbia, d'una coça ben donada els va enviar a ell i a en Nap dins de l'Arbre.

Argrgsgsgsg! Però com es pot ser tan animal?
Home, vostè els ha provocat una mica.

I sí, ens van donar una explicació, i la vam trobar tan bestial que ens vam quedar com de suro.

Quin panorama!

Evidentment teníem preguntes per fer, però ja vam veure que no era el moment. Els monstres estaven atabalats i anaven per feina.

Amb una determinació total, els monstres es van anar llançant d'un en un pel forat del tronc de l'Arbre. I la Lídia i jo ens vam quedar allà palplantats, bocabadats i esmaperduts.

La Lídia i jo no ens vam haver de dir res més. Ens vam mirar, vam comptar fins a tres i vam saltar dins del forat de l'Arbre. Si els nostres amics tenien problemes, calia ajudar-los. Quina altra cosa podíem fer?

Vam estar molt de temps caient per un forat que semblava no tenir fi i no vaig poder evitar pensar que, més o menys, allò era el que li passava a l'Alícia. Però tampoc hi vaig poder pensar gaire perquè havia de vigilar de no picar de cap contra les parets de pedra.

3

A L'ARBRE DELS MALSONS

Finalment el nostre vol dins d'aquell forat es va acabar i vam anar a petar al damunt d'una duna de sorra. Era estrany ser en un desert, però ens va tranquil·litzar que el Sr. Flat, en Ziro, en Hole, en Brex i l'Emmo també hi fossin.

Però què fan aquí? En Brex no els va dir que...?
Sí, sí, els vaig dir que marxessin a casa!
Un gripau en el desert... No té cap mena de lògica!
Lògica? Quina lògica? Espera't i veuràs!

De seguida vam veure que en passava alguna, perquè, entre altres coses, l'Emmo cada dos per tres deia «la, la, la».

No hi havia ni rastre del Cheff Roll i la resta de la colla i tampoc del Dr. Brot i en Nap. I es feia difícil saber què calia fer. Sort que en Ziro tenia clares quines eren les nostres prioritats.

Tot i la calor insuportable del desert, ens vam posar en marxa per anar a buscar els nostres amics. I un parell d'hores més tard ja no podíem dir ni fava.

I, de cop, sorprenentment, vam trobar ben bé el que deia el gripau: una font i, uns metres més enllà, el mar. I de lluny es veia un vaixell que ens va resultar estranyament familiar.

No ens ho podíem creure. Havíem trobat l'Ignatius! No l'havíem tornat a veure d'ençà de l'aventura de la Llegenda del Mar i va ser un gran retrobament.

No, no, no. Jo soc al Canadà. Aquí només soc part del malson de ves a saber qui!
Però sí està molt clar: tot el que passa a l'Arbre dels malsons són malsons!

Li vam explicar a l'Ignatius el que ens havia passat i ell ens va aconsellar que anéssim al Centre d'Informació que es trobava a Insòmnia, la gran ciutat de l'Arbre dels malsons. Segons ell, la informació que no trobéssim allà no la trobaríem enlloc.

Ni tan sols és segur que existeixi. Hi ha gent que diu que ha vist el Savi de la muntanya una mica més enllà de la platja tropical, però del cert no se'n sap res!
Ei, s'acosta un vaixell!
Ai, ai, ai!

Que l'Ignatius ens digués que era al Canadà empaitant balenes i a la vegada fos a l'Arbre dels malsons em va deixar descol·locat. En realitat totes les coses que ens estaven passant eren malsons, però semblava tot tan real... Tan real com els pirates que s'acostaven!

Tot i el cop de cap, l'Emmo ho recordava tot perfectament i, quan vam tenir els pirates a tocar, en va muntar una de grossa i vam poder seguir el viatge tranquil·lament.

Un cop superats els pirates vam pensar que ja no tindríem cap problema per arribar a la costa, però llavors l'Ignatius ens va fer una proposta molt estranya.

No enteníem res del que ens deia l'Ignatius, fins que vam arribar a la platja i vam veure els nens. No ens ho podíem creure. Eren els típics nens que juguen amb una pala i una galleda a la platja, però...

Evidentment, tal com ens va proposar l'Ignatius, vam sortir volant del vaixell pel damunt d'aquells nens. I encara sort que havíem d'aterrar a la sorra, perquè si no la trompada hauria estat fenomenal.

Ooooooooh!
Adeu, amics!
Aiiiiii... Ha anat de poc!

4

CAMÍ D'INSOMNIA

Vam arribar a la platja més o menys sans i estalvis, però vam anar a parar al costat d'un vigilant que ens va deixar les coses molt clares.

Com a vigilant de la platja us faig saber que si trepitgeu alguna tovallola m'obligareu a disparar. I jo no fallo mai!!!
Escolti, vostè en sap alguna cosa, del Savi de la muntanya?
No es faci el simpàtic i circuli! A la seva edat no hauria de creure en contes per a criatures i encara menys hauria d'anar disfressat de peluix!
Quin tros de bèstia!

Vam haver d'avançar molt lentament per no embrutar de sorra els milers de tovalloles que hi havia plantades a la platja. I al final vam aconseguir arribar a l'Oficina de Turisme, si és que d'allò se'n podia dir «oficina».

OFICINA DE TURISME
Perdonin, em podrien indicar el camí cap a Insòmnia?
Cap problema. Vagin recte, sempre recte i després recte. I sobretot facin cas dels rètols.
A INSÒMNIA
Escolti, i el Savi de la muntanya, que saben on el podem trobar?
Negatiu! No només no se sap on viu, sinó que ningú no sap qui és! És un dels grans enigmes de l'Arbre dels malsons!

No es pot dir que a l'Oficina de Turisme ens ajudessin gaire, però si més no vam saber que l'únic que calia fer era caminar en línia recta. Semblava fàcil, però tan bon punt vam sortir de la platja vam haver de passar per la Filera de les Rajoles, que, tal com el seu nom indicava, era una filera de rajoles. El problema era que se sostenien sobre el no-res!

No mireu cap a baix. Si mireu a l'abisme, l'abisme també us mira!
Això ho va dir Nietzsche!
Exacte, estimat amic!
Va! Que ja arribem a la selva!

Superada la Filera de les Rajoles, vam haver de passar per una selva inexpugnable, tan inexpugnable que va arribar un moment en què ja no vam poder avançar més.

I, efectivament, com en Tarzan, vam avançar saltant de liana en liana, mentre les feres més salvatges i estranyes ens miraven des de terra esperant a veure si quèiem. Però no, no vam caure.

Vam baixar de les lianes quan la selva es va convertir en una gran plana i enllà de l'horitzó ja podíem endevinar els gratacels d'Insòmnia. Això ens va animar molt. I, a més a més, vam trobar un rètol que ens va fer molta il·lusió.

I creieu que els podrem tocar?
I tant! Han de ser com ponis suaus i tovets... Som-hi!

L'únic que no havíem tingut en compte era que estàvem en un malson, i els nostres unicorns van resultar ser els únics unicorns que ja havíem vist en alguna ocasió al zoo.

Jo entraria dins d'aquella gàbia. Bé, ho faria si volgués sobreviure.
En tot cas ens hauríem de moure lentament i no respirar gaire fort!

La idea del gripau ens va salvar la vida. Va ser una mica pesat haver de caminar arrossegant la gàbia, però si més no allà dins els unicorns no ens podien fer res. I així va ser com quasi vam arribar a Insòmnia, tot i que, abans d'entrar-hi, vam tenir un problema de papers.

Que ningú no pogués passar per sobre d'aquella línia no volia dir que no es pogués passar per sota. I gràcies a en Hole, això és el que vam fer.

5

EL CENTRE D'INFORMACIÓ D'INSÒMNIA

Quan vam entrar a Insòmnia ens vam adonar que érem en una gran ciutat plena de gent de tota mena. Però com que ja teníem clar que allò era un malson, no ens vam estranyar de res. I cal dir que nosaltres tampoc no vam cridar gens l'atenció. A més, tot estava perfectament i exageradament indicat i, per tant, va ser fàcil trobar el Centre d'Informació.

SALTADOR A L'INFINIT
CENTRE D'INFORMACIÓ
NO A LA LLEI DE LA GRAVETAT
SPORTÀLIA
CENTRE D'INFORMACIÓ
CULLERETES DE POSTRES
IRLANDA
És immens!
Ja hi som!
És un gratacel!!!

Ens va atendre la directora del centre, una dona una mica boja però que ens va facilitar molt les coses:

Telma, Gemma, Emma... Sí, soc cosina de tothom que tingui un nom acabat en *-ma*.
Em sembla que si troben res serà un miracle!

Quan aquella senyora ens va portar a la sala on tenien desada la informació ens vam quedar perplexos. Totes les plantes d'aquell edifici estaven plenes d'informes de les coses que havien passat dins de l'Arbre dels malsons.

I del Savi de la muntanya, en sap alguna cosa?
No em sona de res. Però això no vol dir res. De fet, tinc una facilitat increïble per oblidar-ho tot.

Ens vam quedar sols remenant notícies un munt d'estona, però només aconseguíem trobar informacions que no semblaven gaire creïbles ni representaven cap mena d'ajuda.

ALGUNES DE LES NOTÍCIES QUE VAM TROBAR

EL COCODRIL DE PETER PAN

L'enorme cocodril que tenia atemorit al Capità Garfi ha escapat del zoo d'Insòmnia. No hi ha ningú que l'hagi vist, però això no vol dir que ell no hagi vist ningú. Extremeu les precaucions o vosaltres mateixos.

EL PERILL DELS UNICORNS

Una vegada més una sèrie de turistes han tingut un ensurt a la Plana dels Unicorns. És deplorable la trista mania de creure que unes bèsties de força tones amb un corn punxegut siguin cavallets amables i simpàtics.

LA PILOTA DE PEDRA

Els estudiosos continuen treballant per buscar una explicació per a un malson recurrent que consisteix a córrer davant d'una roca rodona de pedra que et persegueix. Tot i els avenços, queden anys d'estudi per establir a què es deu que tanta gent somiï el mateix.

ELS SOPARS D'UN AVI XINÈS

Un avi xinès ha assegurat que el que somia depèn del que sopa. Si sopa iogurt té tendència a somiar que corre pels núvols, i si sopa un menú XXL en una hamburgueseria somia batalles galàctiques i guerres químiques. No cal dir que tot plegat és prou perillós.

Vam passar un munt d'hores llegint tota mena de bestieses que no anaven ni venien d'enlloc, però tot d'una el Sr. Flat va fer un crit i tots vam córrer a veure què havia trobat.

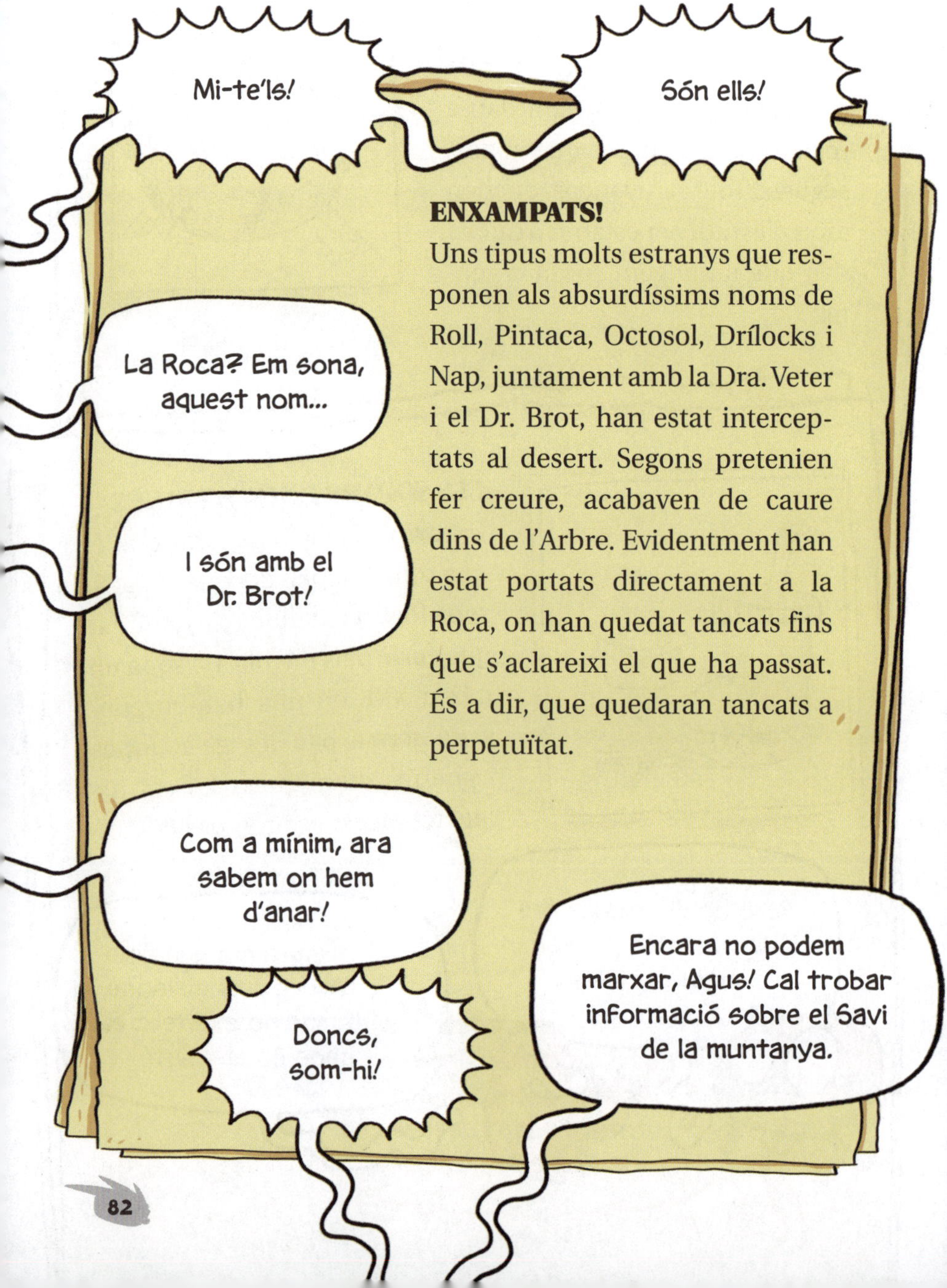

El Sr. Flat tenia raó. Per això vam acabar remenant l'edifici de dalt a baix fins que vam trobar una notícia sobre el Savi de la muntanya. Tot i això, la informació que contenia era una mica decebedora.

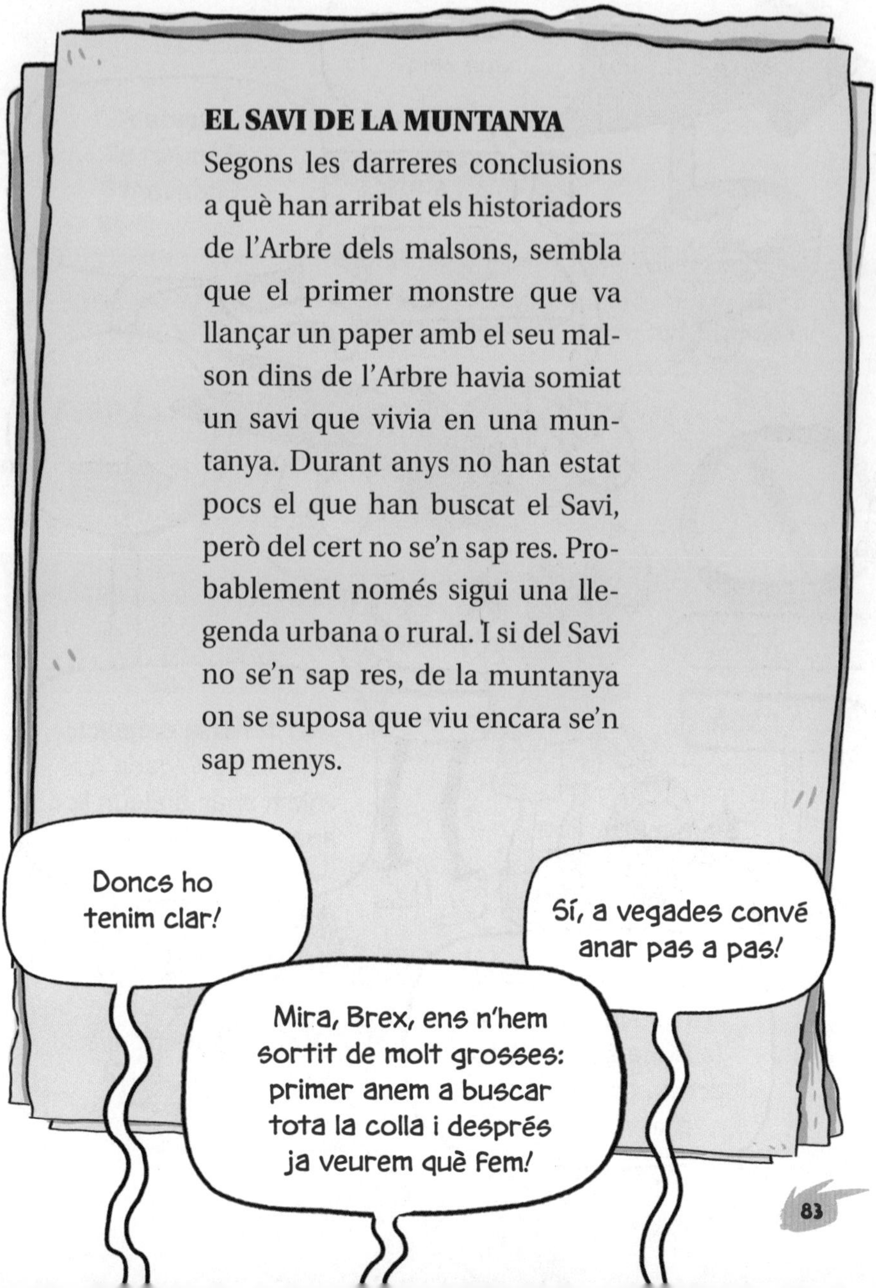

EL SAVI DE LA MUNTANYA

Segons les darreres conclusions a què han arribat els historiadors de l'Arbre dels malsons, sembla que el primer monstre que va llançar un paper amb el seu malson dins de l'Arbre havia somiat un savi que vivia en una muntanya. Durant anys no han estat pocs el que han buscat el Savi, però del cert no se'n sap res. Probablement només sigui una llegenda urbana o rural. I si del Savi no se'n sap res, de la muntanya on se suposa que viu encara se'n sap menys.

Vam sortir al carrer disposats a anar a la Roca, però la veritat és que no teníem gaire clar cap on havíem d'anar perquè els rètols que vam trobar eren una mica confusos.

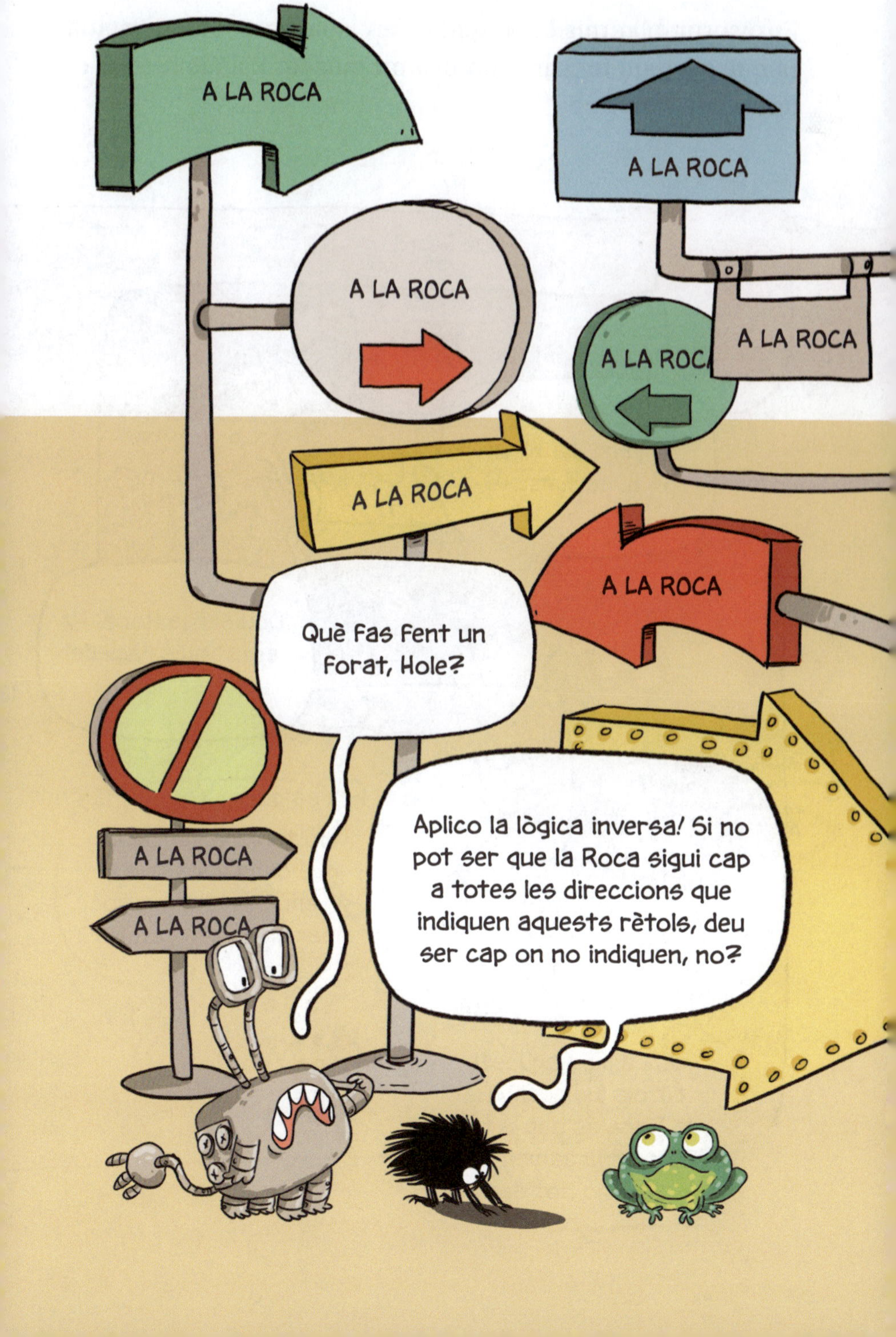
A LA ROCA
A LA ROCA
A LA ROCA
A LA ROCA
A LA ROCA
A LA ROCA
A LA ROCA
Què fas fent un forat, Hole?
A LA ROCA
A LA ROCA
Aplico la lògica inversa! Si no pot ser que la Roca sigui cap a totes les direccions que indiquen aquests rètols, deu ser cap on no indiquen, no?

Ens va semblar que la pensada d'en Hole era molt encertada i per això li vam fer cas. I un instant més tard ja érem tots sota terra...

6

CAP A LA ROCA

Quan vam sortir del túnel ens pensàvem que ja érem a la Roca, però vam sortir per la boca d'una cova al bell mig d'un penya-segat, i a sota hi teníem el mar, i enllà del mar, la Roca.

I com sabem si allò és la Roca?
Perquè ho diu el rètol, potser?
Tu no et facis el llest!
ROCA

Aaaaaaaaaaaaaaaaaaah!
És com si fóssim en un parc d'atraccions però multiplicat per mil!
Que em mareeeeeeeeejo!

Pel que podia haver estat, encara vam caure prou bé i de seguida vam poder començar a remar. Però no havíem avançat ni cent metres quan una aleta immensa va aparèixer darrere nostre.

L'Emmo es va posar a la part de darrere de la balsa i, quan el tauró es va acostar, li va clavar un ensurt de mort. Per un moment vam pensar que la pobra bèstia havia tingut un atac de cor. Sortosament només havia patit un xoc nerviós.

ROCA
Ja hi arribem!
La Roca!!!

Finalment, després d'algun altre petit ensurt, vam arribar al moll de la Roca, on ja hi havia tot de gent esperant-nos, com si fóssim els guanyadors d'una cursa o uns convidats molt esperats.

BENVINGUTS
A LA ROCA!

7

LA ROCA

Incomprensiblement, el director de la presó ja ens esperava al moll. I la gran sorpresa va ser que aquell home era... Era l'alcalde de Galerna!!!

Jo què sé!!! No han fet res, suposo! Són aquí i quan s'entra a la Roca ja no se'n surt! Això és així!
Quin tros de ximple, aquest paio!

Escolti, res del que diu vostè té cap lògica.
Què vol dir?
Doncs, miri, per continuar en aquesta línia, el que sí que puc fer és jugar-me els presos.
Jugar-se els presos, com?
Doncs molt fàcil! Me'ls jugo!
Vosaltres sou set i el gripau. Si guanyeu la juguesca, alliberaré set presos i un esquirol. I si perdeu, ingresseu tots a la presó. És just, no?
Justíssim!!!
Aquest paio és un dement!

Tots vam tenir clar que, guanyéssim o perdéssim, era la nostra única oportunitat. Si anaven mal dades, si perdíem, com a mínim estaríem tots junts i, per experiència, sabíem que quan estàvem junts tot era millor.

Estàvem preparats per a qualsevol cosa, però l'absurda proposta de l'alcalde ens va deixar bocabadats.

La Lídia va ser l'encarregada de treure la primera carta. Va treure un as i l'alcalde en va treure un altre. Calia desempatar, i els dos van anar traient cartes una rere l'altra. Però van estar empatant sempre fins que es van acabar les cartes. I llavors...

Vam ser immediatament portats a la cel·la i va ser un gran moment, perquè allà vam retrobar els nostres amics i va ser molt emotiu per a quasi tothom.

Ui, sí, muac, muac... Que patètic!
Calli, home, que és un retrobament molt bonic.
Veter, et presento el nostre amic Gripau.
Encantat, senyora. Tot un plaer!
Oh, quin gripau més educat! És una monada!

Un cop ens vam haver abraçat i petonejat tots amb tots, calia veure què fèiem amb el Dr. Brot. La veritat és que després del que ens havia fet els ànims estaven una mica escalfats, però en Ziro va posar les coses a lloc.

Per una vegada a la vida coincideixo amb el Dr. Brot. Fins que això no s'acabi serà company nostre.
És més, no podem marxar i deixar-lo aquí!!!
El que hem de fer es esperar que vinguin a canviar els llençols. Si actuem ràpid i bé, tindrem una oportunitat de fugir!
Ara t'escolto, noia!

Mentre esperàvem que vinguessin a canviar els llençols, la Lídia i jo vam parlar amb el Sr. Flat i en Ziro. No enteníem que després de tot el que ens havia fet el Dr. Brot ara haguéssim de ser companys.

Com sempre, les explicacions d'en Ziro i el Sr. Flat van ser molt clares, i per això vam entendre perfectament que ens havíem d'emportar el Dr. Brot de la Roca. I poc més tard, quan ja era vespre, gràcies al canvi de llençols vam abandonar la nostra cel·la.

Així que vam sortir de la Roca, vam pujar al vaixell de la tintoreria i, com qui no vol la cosa, ens vam allunyar mar enllà, sense saber exactament on ens portava el destí. I com que semblava que la cosa havia d'anar per llarg, vam llegir un dels llibres que jo havia desat a l'interior de l'Emmo: *Les aventures d'en Cebeta*, de Gianni Rodari, que explicava com el pobre Cebeta havia de deixar el regne del príncep Llimona perquè, entre altres coses, el príncep no tolerava la seva olor.

8

L'ILLA QUE NO ERA ILLA I EL SAVI

El viatge en vaixell no va ser tan plàcid com havíem previst. Tot just havíem acabat la lectura que els mariners, per ordre del capità, ens van deixar abandonats en una petita illa on ja hi havia un nàufrag o, si més no, això és el que ens va semblar.

Escolti, i no ens poden deixar en terra ferma? Com a mínim a mi i al meu ajudant...
Doctor, no es busqui problemes...
Serà traïdor! Quins nassos!
Sempre és agradable tenir una mica de companyia...
És clar, per a un nàufrag...
No, no. Jo no soc nàufrag! Soc pilot de balena!
«Pilot de balena»?

Tot d'una, abans que aquell home ens pogués explicar què volia dir que era «pilot de balena», vam veure un cocodril enorme que avançava en direcció a l'illa.

I tu per què estàs tan tranquil?
Per la balena!
La balena?

Ja ens ho vèiem tot perdut quan, de cop, l'illa ens va salvar. I ens va salvar perquè l'illa no era una illa, sinó una balena enorme que en veure venir el cocodril es va inquietar i d'un cop de cua va fer que aquell animal sortís volant.

El pilot va fer que la balena posés rumb a la platja tropical i no vam trigar gens a arribar-hi. Allà ens vam acomiadar de la balena i després vam internar-nos a la selva.

Un cop a la selva, amb l'ajuda del gripau vam dibuixar un mapa i el vam dividir en quatre parts. La idea era repartir-nos en quatre grups i buscar el Savi pertot arreu.

No vam deixar ni un pam d'aquella selva sense escorcollar. I no van ser pocs els perills i les coses estranyes que vam haver de viure.

La donna è mobile...
No m'ho hauria pensat mai, que la música podia ser una tortura!
Com desafinen!!!
La cosa és anar posant pals a la boca d'aquests bitxos repugnants...
Al final, el Dr. Brot encara servirà per a alguna cosa!

Aquell vespre ens vam retrobar cansats i esgotats en el punt on ens havíem separat, i per primera vegada vaig veure els monstres molt acabats. El Sr. Flat i en Ziro se sentien culpables que la Lídia i jo estiguéssim atrapats a l'Arbre dels malsons.

Aquesta gent em toquen la fibra sensible. Són nobles, es preocupen els uns pels altres, han estat respectuosos amb els llocs que han visitat...

I aleshores va passar una cosa que no ens podíem esperar de cap manera. Va aparèixer el Savi de la muntanya! I va resultar que havia estat amb nosaltres des del primer moment i no ens n'havíem sabut adonar.

No busqueu més...
Jo soc el Savi de la muntanya!
Què?
Com?
Què diu, ara?
Que el gripau és el Savi de la muntanya?
Uaahahahahahahaha!
Calli, Doctor!

No sé per què ni com jo vaig ser el primer a arribar aquí. El primer monstre que va llançar el seu malson escrit a dins de l'Arbre dels malsons em va somiar a mi.
I si soc savi és només perquè he estat més temps aquí que ningú.
Però per què no se sap que ets tu, el Savi de la muntanya?

Sempre ho he ocultat perquè si se sabés que jo soc el Savi de la muntanya, no em deixarien viure. Tothom voldria consells, orientacions, assessorament, recomanacions...
I sabeu què passa? Passa que tothom ha de saber fer la seva. Tothom ha de poder decidir sense que algú altre li digui què ha de fer, per savi que sigui...
Però nosaltres...

Prou que ho sé, el que voleu saber... Voleu saber com es pot sortir de l'Arbre dels malsons.
I no sabeu com lamento dir-vos que no hi ha sortida. L'únic que us puc dir és que...
...quan et despertes els malsons desapareixen...

9

QUAN ELS MALSONS DESAPAREIXEN

El gripau es va passar una bona estona lamentant-se per no poder ser-nos més útil. I en Ziro, que va estar donant voltes al que ens havia dit, es va posar a fer tota mena de càlculs.

Segons en Ziro, com que el que s'oblida desapareix, si l'Emmo ens disparava el seu raig ho oblidaríem tot i, per tant, tornaríem just al moment en què tot havia començat, quan vam caure pel forat de l'Arbre dels malsons.

El gripau ens va guiar cap al Cel de miralls. El camí no era gens fàcil perquè calia pujar una muntanya que s'alçava davant nostre fins a tocar els núvols.

L'ascensió a la muntanya va resultar del tot penosa. Realment era un tros de muntanya de les bèsties.

Quan vam arribar dalt de tot de la muntanya vam veure clarament que el nostre amic gripau s'havia equivocat de mig a mig. En realitat el Cel de miralls era exactament això: un cel ple de miralls.

Tant de bo funcioni!
De quines entrades parles?
Deixa'l estar, Agus. Porten així no sé quants dies.
Un moment, que faig una cosa per al nostre amic gripau!

En Brex va fer un para-sol de plom amb el material que va trobar dins de l'Emmo. I llavors va arribar el moment de la veritat: l'Emmo va disparar el seu raig, fent una ziga-zaga va aconseguir que impactés en tots els miralls.

Aquest ha estat sens dubte el meu millor raig!
Quin tros de raig!
Que bèstia, Emmo!
Espero que la teoria d'en Ziro funcioni...

I el raig va funcionar! I tant que va funcionar! Quan va impactar contra els miralls va retornar cap a nosaltres amb tota la seva força i vam començar a sentir-nos molt estranys...

10

LA, LA, LA

Estava preparat per a qualsevol cosa. Jo pensava que si les coses anaven bé, apareixeríem al parc, allà on vam caure dins de l'Arbre. El que no em podia esperar de cap manera és que aparguéssim on vam aparèixer.

Estàs bé, Agus?
Aquest nen està fatal!
Quin dia és avui?
Diumenge.
Perfecte, tot quadra!

No hi va haver temps per a cap explicació ni per a res, perquè en aquell moment la meva mare va entrar a l'habitació amb la Lídia.

La mare em va explicar que m'havia passat dos dies amb una febrada de por per culpa d'unes angines. Però quan va marxar vaig voler saber la veritat.

Evidentment no em vaig prendre el cafè, però sí que em vaig dutxar i, a mesura que se m'ordenaven les idees, vaig pensar que potser simplement havia tingut un malson estranyíssim i res més. Ni jo mateix sabia si el que havia passat era real o no. I potser era millor així: que els malsons es quedessin al lloc dels malsons. Però em sentia molt estrany.

Com que era diumenge em vaig passar tot el matí mandrejant, però a la tarda les coses es van embolicar.

Ja vaig veure que en passava alguna. I, en efecte, poca estona més tard l'It, el nostre vell amic, transformat en una Emma perfecta ens recollia a casa. I la Lídia i jo, amb els monstres a la bossa, entràvem en un cotxe que ja sabíem que no era un cotxe. Era el Falcó Extrem!

Mira'ls, els fastigosos. És estrany, ara no sabria dir quina va ser la darrera vegada que els vam veure ni on.
Aix, jo què sé, Dr. Brot. No soc capaç de recordar res del que ha passat les darreres hores! Potser hauríem d'anar al neuròleg...
Al burròleg, et portaré, tros d'animal!

Gràcies a la velocitat prodigiosa del Falcó Extrem, uns minuts més tard ja érem a l'altra punta del món. I el lloc on vam aparcar la nau ens va resultar molt familiar.

ROCK'N'ROLL MUSEUM

11

NO ET CAL ESCOLLIR

Vam entrar al Rock'n'Roll Museum una mica nerviosos, preguntant-nos si a dins hi trobaríem els nostres amics de l'Unreal Peep Band. I, en efecte, els vam trobar i va ser un moment molt emotiu.

Ai, nena. Estar en una banda de rock'n'roll és cansadíssim, però també és molt agraït. Això sí que ho té!
No saps com m'ha costat no dir que avui veníem al concert!!!
SR. BURNS
Si et sembla bé, començarem amb la cançó que em vas enviar!
Perfecte, Peep, perfecte!

I un cop ens vam haver explicat com ens anava la vida, l'Unreal Peep Band va pujar a l'escenari i va començar el concert, però abans en Peep ens va adreçar unes paraules.

No et cal escollir... Això és el que em passava a mi en el meu malson amb en Brex i en Hole!
SR. BURNS

Ho veus, Agus? Quan els amics són de veritat, mai no cal escollir!
Me n'alegro, perquè jo no tinc cap intenció d'escollir entre amics!
Algú t'ho ha de dir...

Tal com roda el món, val més tenir amics. Jo te'n presento deu i no et cal escollir.
SR. BURNS

Emmo!!! «La, la, la» és el que tu cantaves tota l'estona!!!
No ho podia evitar. No em podia treure la cançó del cap des que l'Octosol me la va cantar. La, la, la...

Brex, Drílocks, Veter, Roll,
Hole, Emmo i Octosol,
Pintaca, Ziro i Flat.
Encara no hem acabat.
SR. BURNS

Algú t'ho ha de dir.
No cal escollir.
La, la, la...

Això va per aquí! No cal escollir, no cal decidir, és ben bé així.
La, la, la...
SR. BURNS

Ens vam quedar a escoltar tot el concert i vam ballar i cantar un munt de cançons. I mentre ballàvem i cantàvem vaig pensar que tant era que el que havia passat hagués estat real o simplement un malson. Fos com fos, estàvem tots junts i això sí que era important. Ara sabia del cert que no hauria d'escollir mai entre cap dels amics. Els estimava a tots!

SR. BURNS

I BEN AVIAT...
UNA NOVA AVENTURA:

EL TRESOR PERDUT

Una casa a prop del bosc,
un tresor perdut...
I UN MUNT D'EMBOLICS!

Perdona que no t'ensenyem res de la pròxima aventura...
Però és que la cançó «No et cal escollir» ens entusiasma!
Ja ho saps... La trobaràs a YouTube!
I també te la pots baixar a combeleditorial.com/agusielsmonstres
O també pots utilitzar el lector QR!

SI N'HEM VISCUT, D'AVENTURES!
DESCOBREIX-LES TOTES!

Ahhhh
AUCH!